Roald Dahl
Die Trottels

ROALD DAHL

DIE TROTTELS

Bilder von Quentin Blake

Aus dem Englischen
von Sabine und Emma Ludwig

Inhalt

Kapitel 1	– Bärte, Bärte und noch mehr Bärte	7
Kapitel 2	– Auftritt Mr Trottel	9
Kapitel 3	– Was man in einem Bart so alles findet	11
Kapitel 4	– Auftritt Mrs Trottel	14
Kapitel 5	– Ein Glasauge sieht alles	17
Kapitel 6	– Der Riesenbeißwürger	20
Kapitel 7	– Eine völlig neue Spaghettisorte	23
Kapitel 8	– Der wachsende Wanderstock	26
Kapitel 9	– Galoppierende Schrumpfsucht	30
Kapitel 10	– Das große Strecken	33
Kapitel 11	– Mrs Trottel fliegt auf und davon	36
Kapitel 12	– Was für ein Anblick!	38
Kapitel 13	– Ein Bündel aus Ballons und Unterröcken	40
Kapitel 14	– Das Haus, der Baum und ein Käfig voller Affen	42
Kapitel 15	– Kraftfix extrastark	46
Kapitel 16	– Vier Knaben kleben fest	49
Kapitel 17	– Der große Kopfüber-Kopfunter-Affenzirkus	52
Kapitel 18	– Der Purzel-Baumvogel	54

Kapitel 19	– Heute keine Vogelpastete für Mr Trottel	57
Kapitel 20	– Noch immer keine Vogelpastete für Mr Trottel	58
Kapitel 21	– Die Trottels gehen Gewehre kaufen	61
Kapitel 22	– Spring-Ding hat eine Idee	64
Kapitel 23	– Die große Kleisterei beginnt	68
Kapitel 24	– Ein Teppich geht in die Luft	72
Kapitel 25	– Es folgen die Möbel	77
Kapitel 26	– Ein Vogelschiss, der keiner ist	81
Kapitel 27	– Die Trottels stehen kopf	84
Kapitel 28	– Die Affen wandern aus	89
Kapitel 29	– Und alle schreien: Hurra!	91

Für Emma

Kapitel 1

BÄRTE, BÄRTE und noch mehr BÄRTE

Neuerdings sieht man überall jede Menge Männer mit Bärten herumlaufen.

Wenn ein Mann sich sein Gesicht zuwachsen lässt, weiß keiner, wie er wirklich aussieht.

Das ist wahrscheinlich Absicht, er will nicht, dass man sein wahres Gesicht kennt.

Und dann ist da noch die Sache mit dem Waschen.

Wenn sich Männer mit viel Bart das Gesicht waschen, dann ist das genauso anstrengend, als würden du und ich uns die Haare waschen.

Ich wüsste ja gern, wie oft sich diese bärtigen Männer ihr Gesicht waschen. Vielleicht nur einmal in der Woche, so wie wir uns die Haare? Am Samstagabend vielleicht? Benutzen sie dabei ein

Shampoo? Einen Fön? Schmieren sie sich eine Anti-Haarausfall-Lotion ins Gesicht, damit sie keine Gesichtsglatze bekommen? Gehen sie zum Friseur, um ihre Bärte schneiden und trimmen zu lassen? Oder schnippeln sie vor dem Badezimmerspiegel mit einer Nagelschere an sich herum?

Ich hab keine Ahnung. Aber wenn du das nächste Mal einen Mann mit Bart siehst (und ich wette, das wirst du, sobald du die Haustür aufmachst und auf die Straße gehst), dann schau ihn dir mal genauer an und versuche, hinter seine Bart-Geheimnisse zu kommen.

KAPITEL 2

Auftritt MR TROTTEL

Mr Trottel war einer dieser Männer mit besonders viel Bart. Von seinem Gesicht sah man nur Stirn, Augen und Nase, alles andere war mit dichten, struppigen Haaren bedeckt. Sogar aus seinen Nasenlöchern und den Ohren sprossen büschelweise widerliche Borsten.

Mr Trottel fand, dass ihn seine Barttracht ganz besonders klug und bedeutend erscheinen ließ. Doch in Wirklichkeit war er weder das eine noch das andere. Mr Trottel war einfach nur ein Dummbeutel. Als Dummbeutel war er geboren. Und nun im Alter von sechzig war er dummbeuteliger als je zuvor.

Die Haare in Mr Trottels Gesicht wuchsen nicht glatt und gleichmäßig wie bei den meisten bärtigen Männern, nein sie bildeten Stacheln, die wie die Borsten einer Nagelbürste aus seinem Gesicht stachen.

Und wie oft wusch nun Mr Trottel sein borstiges Nagelbürstengesicht?

Die Antwort lautet: NIEMALS NIE, nicht mal am Sonntag.

Mr Trottel hatte sein Gesicht seit Jahren nicht gewaschen.

Kapitel 3

WAS man in einem BART so alles findet

Du weißt sicher, dass ein bartloses Gesicht so wie deins oder meins schnell mal ein wenig schmutzig werden kann, wenn man es nicht oft genug wäscht, das ist völlig normal.

Bei einem bärtigen Gesicht sieht die Sache schon ganz anders aus. Da bleibt nämlich alles Mögliche in den Barthaaren hängen, besonders gern Essensreste. Bratensoße wird von Barthaaren geradezu magisch angezogen und bleibt dort kleben.

Du und ich, wir können unser glattes Gesicht einfach mit einem feuchten Lappen abwischen und sehen gleich wieder einigermaßen proper aus, aber bei einem bärtigen Mann ist das schon sehr viel schwieriger.

Und wenn wir uns ein wenig Mühe geben, schaffen wir es zu essen, ohne dabei unser Gesicht von oben bis unten vollzuschmaddern. Bei einem Mann mit Bart ist das nicht so einfach. Achte beim nächsten Mal darauf, wenn du einen Bärtigen beim Mittagessen siehst. Selbst wenn der seinen Mund so weit aufreißt wie ein Scheunentor, wird es ihm nicht gelingen, einen Löffel Gulasch oder Eis mit Schokoladensoße hineinzubefördern, ohne dass davon etwas in seinen Barthaaren hängen bleibt.

Mr Trottel machte sich noch nicht einmal die Mühe, seinen Mund beim Essen besonders weit aufzumachen. Deshalb (und weil er sich nie wusch) klebten in seinem Bart unzählige kleine Reste von altem Frühstück, Mittag- und Abendessen.

Immerhin waren es keine größeren Brocken, die wischte er nämlich beim Essen mit seiner Hand oder dem Ärmel ab. Doch wenn du genau hingeschaut hättest (wozu du ganz sicher keine Lust hast), würdest du winzige Krümel von getrocknetem Rührei in seinen Barthaaren erkennen und Spinat und Ketchup und Fischstäbchen und gehackte Hähnchenleber und all die anderen ekligen Sachen, die Mr Trottel so gern aß.

Und wenn du noch ein wenig genauer hinschauen würdest (Nase zuhalten, wertes Publikum!), tief hinein in die drahtigen Borsten auf seiner Oberlippe, würdest du dort möglicherweise größere Stücke erkennen, die seiner Hand entwischt waren, Stücke, die dort seit Monaten hingen, wie ein Klecks madiger Schimmelkäse,

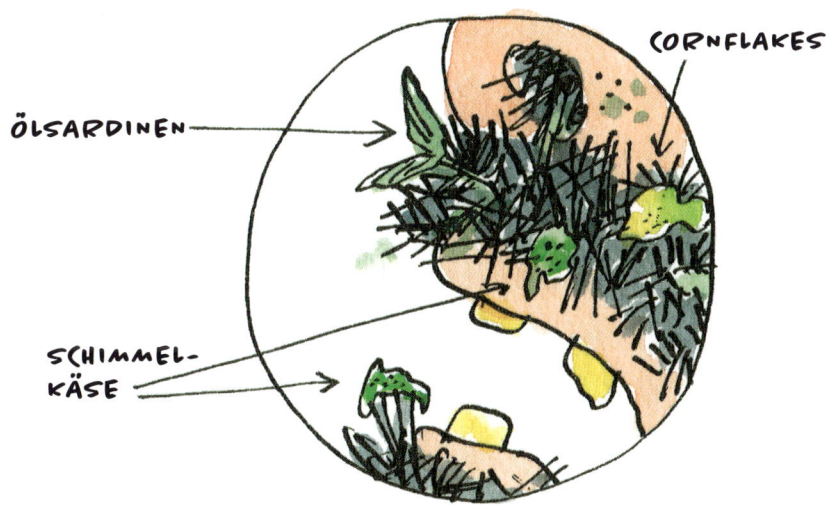

ein matschiges Cornflake oder sogar der schleimige Schwanz einer Ölsardine.

Und weil das so war, hatte Mr Trottel auch nie richtig Hunger. Er musste nur seine Zunge rausstrecken und damit rechts und links den haarigen Dschungel rund um seinen Mund durchforsten, um jedes Mal ein kleines leckeres Bröckchen zu finden, an dem er mümmeln konnte.

Ich will damit sagen, dass Mr Trottel ein schmutziger und stinkender alter Mann war.

Aber nicht nur das, er war auch ein ganz besonders fieser alter Mann, wie du gleich erfahren wirst.

Kapitel 4

Auftritt MRS TROTTEL

Mrs Trottel war keinen Deut besser als ihr Mann.

Natürlich trug sie keinen Bart. Bedauerlicherweise, denn ein Bart hätte immerhin etwas von ihrem schrecklich hässlichen Gesicht verdeckt.

Schau sie dir an:

Hast du schon mal eine hässlichere Frau gesehen?

Wohl kaum. Und das Komische dabei ist, dass sie nicht immer so hässlich war.

Als junge Frau hatte sie sogar ein ganz nettes Gesicht gehabt. Doch mit dem Alter war sie von Jahr zu Jahr immer hässlicher geworden. Warum war das so? Ich will es dir erklären.

Wenn ein Mensch hässliche
Gedanken hat, dann zeigt sich
das irgendwann in seinem Gesicht.
Und wenn dieser Mensch
   jeden Tag,
   jede Woche,
   jedes Jahr
hässliche Gedanken hat, wird auch sein Gesicht immer hässlicher, bis man den Anblick kaum ertragen kann.

Ein Mensch, der Gutes denkt, wird niemals hässlich sein. Du magst vielleicht eine krumme Nase haben oder einen schiefen Mund, ein Doppelkinn oder Hasenzähne, solange du gute Gedanken hast, werden sie wie Sonnenstrahlen in deinem Gesicht leuchten und du wirst immer liebenswert aussehen.

Das Gesicht von Mrs Trottel war nicht liebenswert, da strahlte und leuchtete nichts.

Mit ihrer rechten Hand umklammerte sie stets einen Wanderstock. Sie behauptete, dass sie ihn bräuchte, weil sie die Warzen an ihrer linken Fußsohle beim Gehen so schmerzen würden. Doch in Wirklichkeit diente ihr der Stock als Prügel. Sie schlug damit Hunde, Katzen und kleine Kinder.

Und dann war da noch das Glasauge. Mrs Trottel hatte ein Glasauge, mit dem sie fürchterlich schielte.

Kapitel 5

Ein GLASAUGE sieht ALLES

Mit einem Glasauge kann man jede Menge Blödsinn machen. Man kann es rausnehmen und wieder reinstopfen, wann immer man lustig ist. Du kannst drauf wetten, dass Mrs Trottel all diese reizenden Scherze kannte.

Eines Morgens nahm sie ihr Glasauge raus und ließ es in den Bierkrug von Mr Trottel fallen, als der gerade nicht hinschaute.

Mr Trottel saß also da und trank genüsslich sein Bier. Der Schaum bildete einen weißen Kranz auf den Barthaaren um seinen Mund. Er wischte den Schaum mit seinem Ärmel ab und den Ärmel an seiner Hose.

»Du führst doch was im Schilde«, sagte Mrs Trottel. Sie drehte ihrem Gatten den Rücken zu, damit er nicht sah, dass sie ihr Auge herausgenommen hatte. »Immer wenn du so ruhig dasitzt, weiß ich, dass du irgendwas gegen mich aausheckst.«

Mrs Trottel hatte recht. Mr Trottel dachte die ganze Zeit angestrengt darüber nach, wie er seiner Frau mal wieder einen richtig fiesen Streich spielen könnte.

»Pass bloß auf«, sagte Mrs Trottel. »Wenn ich merke, dass du was gegen mich aausheckst, lass ich dich nicht aus dem Auge.«

»Ach, halt doch die Klappe, du alte Hexe«, gab Mr Trottel zurück. Er trank weiter seelenruhig sein Bier und dachte weiter darüber nach, wie er die alte Hexe ganz fürchterlich reinlegen konnte.

Doch als Mr Trottel den letzten Tropfen Bier seine Kehle hinunterfließen ließ, da erblickte er plötzlich das Glasauge seiner Frau, das ihn vom Boden des Kruges her anstarrte. Vor Schreck sprang er auf.

»Hab's dir doch gesagt, dass ich aufpasse«, kicherte Mrs Trottel. »Ich hab meine Augen überall, also sieh dich vor.«

KAPITEL 6

Der RIESENBEISSWÜRGER

Um sich für das Glasauge in seinem Bier zu rächen, kam Mr Trottel auf die Idee, seiner Frau einen Frosch ins Bett zu legen.

Unten am Teich fing er einen ganz besonders dicken und trug ihn unbemerkt in einer Schachtel nach Hause.

Als Mrs Trottel sich am Abend im Bad für die Nacht fertig machte, versteckte Mr Trottel den Frosch unter ihrer Bettdecke. Dann schlüpfte er in sein eigenes Bett und freute sich auf das, was gleich passieren würde.

Mrs Trottel kam aus dem Bad, kletterte in ihr Bett und machte das Licht aus. Da lag sie im Dunkeln und kratzte sich den Bauch. Ihr Bauch juckte. Schmutzige alte Hexen haben oft juckende Bäuche.

Plötzlich spürte sie, wie etwas Kaltes und Glitschiges über ihre Füße kroch. Sie schrie laut auf.

»Hast du was?«, fragte Mr Trottel harmlos.

»Hilfe!«, kreischte Mrs Trottel und schlug um sich. »Da ist was in meinem Bett!«

»Ich wette, das ist bestimmt bloß der Riesenbeißwürger, den ich vorhin im Flur gesehen habe«, sagte Mr Trottel.

»Der *was*?«, kreischte Mrs Trottel.

»Ich hab versucht, ihn plattzumachen, aber er ist mir entwischt«, sagte Mr Trottel. »Er hat Zähne so lang wie ein Korkenzieher.«

»Hilfe!«, kreischte Mrs Trottel. »Rette mich. Er kriecht über meine Füße!«

»Er beißt dir bestimmt gleich die Zehen ab«, sagte Mr Trottel.

Mrs Trottel wurde ohnmächtig. Mr Trottel stieg aus dem Bett, um einen Krug mit kaltem Wasser zu holen. Das Wasser kippte Mr Trottel seiner Frau über den Kopf, um sie wiederzubeleben. Das Wasser lockte nun aber den Frosch an.

Er kroch unter der Bettdecke hervor und hüpfte auf Mrs Trottels Kopfkissen. Frösche lieben Wasser und dieser war jetzt ganz in seinem Element.

Als Mrs Trottel wieder zu Besinnung kam, war der Frosch ihr gerade ins Gesicht gesprungen. So etwas hat man ja nun nicht wirklich gern, schon gar nicht in seinem Bett mitten in der Nacht. Mrs Trottel schrie wieder.

»Hol's der Teufel, das ist der Riesenbeißwürger!«, sagte Mr Trottel. »Er beißt dir bestimmt gleich die Nase ab.«

Mrs Trottel sprang aus dem Bett und flüchtete die Treppe hinunter. Und während es sich der Frosch auf ihrem Kopfkissen gemütlich machte, verbrachte sie eine höchst unbequeme Nacht auf dem Sofa.

KAPITEL 7

Eine VÖLLIG neue SPAGHETTISORTE

Um Mr Trottel die Sache mit dem Frosch heimzuzahlen, schlich sich Mrs Trottel am nächsten Tag in den Garten und grub ein paar Regenwürmer aus. Sie wählte besonders lange und steckte sie in eine Dose, die trug sie unter ihrer Schürze versteckt ins Haus.

Zum Mittagessen um eins kochte sie Spaghetti und mischte die Regenwürmer darunter, aber nur unter die Nudeln auf dem Teller ihres Mannes. Sie kippte Tomatensoße und geriebenen Käse darüber, sodass man die Würmer nicht sehen konnte.

»Hey, meine Spaghetti bewegen sich!«, rief Mr Trottel und stocherte mit seiner Gabel in den Nudeln herum.

»Das ist eine neue Sorte«, sagte Mrs Trottel und schob sich eine große Portion in den Mund. In ihren Spaghetti waren natürlich keine Würmer. »Sie heißen Schlängelnudeln. Einfach köstlich. Iss, solange sie noch heiß und lecker sind.«

Mr Trottel wickelte die vor Tomatensoße triefenden langen Schnüre um seine Gabel und schaufelte das Ganze in seinen Mund. Sofort war sein bärtiges Kinn voll mit Tomatensoße.

»Sie sind nicht so gut wie die alten«, nuschelte er mit vollem Mund. »Viel zu matschig.«

»Mir schmecken sie ausgezeichnet«, sagte Mrs Trottel. Voller Schadenfreude sah sie vom anderen Tischende dabei zu, wie ihr Mann auf den Regenwürmern herumkaute.

»Ich finde sie etwas bitter«, sagte Mr Trottel. »Sie haben eindeutig einen bitteren Beigeschmack. Kauf nächstes Mal wieder die anderen.«

Mrs Trottel wartete, bis Mr Trottel seinen Teller leer gegessen hatte, dann sagte sie: »Möchtest du wissen, warum deine Spaghetti so matschig waren?«

Mr Trottel wischte sich mit einem Zipfel des Tischtuchs die Tomatensoße aus dem Bart. »Warum?«, fragte er.

»Und warum sie so unangenehm bitter geschmeckt haben?«

»Warum?«, fragte er noch einmal.

»Weil es Würmer waren!«, schrie Mrs Trottel. »Regenwürmer!« Sie klatschte in die Hände, stampfte mit den Füßen auf und schüttelte sich vor grauenhaftem Gelächter.

Kapitel 8

Der wachsende WANDERSTOCK

Um Mrs Trottel die Sache mit den Würmerspaghetti heimzuzahlen, dachte sich Mr Trottel einen ganz besonders raffinierten Trick aus.

Eines Nachts, als die Alte eingeschlafen war, kroch er aus dem Bett, schnappte sich ihren Wanderstock und nahm ihn mit in seinen Werkzeugschuppen. Dort klebte er ein kleines rundes

Stückchen Holz – nicht dicker als ein Penny – auf das Ende des Stockes.

Der Stock wurde dadurch ein winziges Stück länger, aber der Unterschied war so gering, dass Mrs Trottel nichts davon bemerkte, als sie am nächsten Morgen ausging.

In der darauffolgenden Nacht klebte Mr Trottel wieder ein kleines Stückchen Holz auf das Ende des Stockes.

Fortan schlich er Nacht für Nacht mit dem Stock in seine Werkstatt und fügte ein weiteres Holzscheibchen hinzu. Das machte er so geschickt, dass die neuen Holzstücke nicht anders aussahen als der Rest des Wanderstockes.

Langsam, ganz, ganz langsam wurde Mrs Trottels Wanderstock länger und länger.

Und wenn etwas so langsam geschieht, bemerkt man es nicht. Du wirst ja auch jeden Tag ein ganz klein wenig größer und merkst es nicht, oder? Du wächst so langsam, dass du es nicht einmal von einer Woche zur nächsten so richtig mitbekommst.

Genauso war es auch mit Mrs Trottels Wanderstock. Er wuchs so langsam und unmerklich, dass ihr gar nicht auffiel, wie er immer länger wurde, selbst dann nicht, als er ihr schon bis zur Schulter reichte.

»Dieser Stock ist ja viel zu lang für dich«, sagte Mr Trottel eines Tages zu seiner Frau.

»Stimmt«, sagte Mrs Trottel und schaute den Stock an. »Ich hatte schon die ganze Zeit das Gefühl, dass etwas mit ihm nicht stimmt, aber ich hätte ums Verrecken nicht sagen können, was.«

»Da stimmt allerdings etwas nicht«, sagte Mr Trottel mit diebischem Vergnügen.

»Was kann da nur passiert sein?«, fragte Mrs Trottel und starrte ihren alten Wanderstock an. »Irgendwie muss er plötzlich gewachsen sein.«

»Du spinnst ja«, sagte Mr Trottel. »Wie soll denn bitte ein Wanderstock länger werden? Er ist schließlich aus totem Holz gemacht, oder etwa nicht? Totes Holz kann nicht wachsen.«

»Aber was um alles in der Welt ist dann passiert?«, rief Mrs Trottel außer sich.

»Es ist nicht der Stock, *du* bist es!«, sagte Mr Trottel mit einem fiesen Grinsen. »*Du* wirst *kleiner*! Das ist mir schon seit einiger Zeit aufgefallen.«

»Das ist nicht wahr!«, schrie Mrs Trottel.

»Du schrumpfst, Alte«, sagte Mr Trottel.

»Aber das ist nicht möglich!«

»Und wie das möglich ist«, sagte Mr Trottel. »Und du schrumpfst schnell! Beängstigend schnell! In den letzten paar Tagen bist du um fast 30 Zentimeter kleiner geworden!«

»Niemals!«, kreischte Mrs Trottel.

»Oh ja, das bist du! Schau dir doch nur deinen Stock an, du dummes Huhn, dann siehst du, um wie viel du geschrumpft bist. Du hast die Schrumpfsucht, das ist es, was du hast. Du hast die galoppierende Schrumpfsucht!«

Mrs Trottel fing so an zu zittern, dass sie sich hinsetzen musste.

Kapitel 9

Galoppierende SCHRUMPFSUCHT

Kaum hatte sich Mrs Trottel auf ihren Stuhl plumpsen lassen, da zeigte Mr Trottel mit dem ausgestreckten Finger auf sie und rief: »Da hast du's! Du sitzt auf deinem alten Stuhl und deine Füße reichen nicht mehr auf den Boden, so schlimm bist du geschrumpft!«

Mrs Trottel schaute auf ihre Füße, und hol's der Teufel, der Mann hatte recht. Ihre Füße reichten nicht mehr auf den Boden.

Du musst wissen, dass der gerissene Mr Trottel den Stuhl seiner Frau heimlich genauso präpariert hatte wie ihren Wanderstock.

Jede Nacht, wenn er sich aus dem Haus geschlichen hatte, um ein Holzplättchen auf den Stock zu kleben, hatte er das Gleiche mit den Beinen von Mrs Trottels Stuhl gemacht.

»Schau dich doch nur an, wie du da in deinem Stuhl hockst!«, rief er triumphierend. »Du bist so klein, dass deine Füße in der Luft baumeln.«

Vor lauter Angst wurde Mrs Trottel ganz weiß im Gesicht.

Mr Trottel richtete seinen Finger auf sie wie eine Pistole. »Du hast die *Schrumpfsucht*! Und zwar so richtig schlimm. Du hast den schlimmsten Fall von Schrumpfsucht, den ich je erlebt habe.«

Mrs Trottel fing vor lauter Angst an zu sabbern. Doch Mr Trottel, dem die Sache mit den Würmerspaghetti noch schwer im Magen lag, hatte keinerlei Mitleid mit ihr. »Ich hoffe, du weißt, was mit dir passiert, wenn du die Schrumpfsucht hast?«

»Was?« Mrs Trottel japste nach Luft. »Was ... passiert mit mir?«

»Dein Kopf SCHRUMPFT in deinen Hals ...

Und dein Hals SCHRUMPFT in deine Brust ...

Und deine Brust SCHRUMPFT in deinen Bauch ...

Und dein Bauch SCHRUMPFT in deine Beine ...

Und deine Beine SCHRUMPFEN in deine Füße. Und am Ende bleibt von dir nichts übrig außer ein paar Latschen und ein Haufen alter Klamotten.«

»Das halte ich nicht aus!«, schrie Mrs Trottel.

»Es ist wirklich eine schreckliche Krankheit«, sagte Mr Trottel. »Die schlimmste auf der ganzen Welt.«

»Wie lang hab ich noch?«, heulte Mrs Trottel. »Wie lange dauert es, bis von mir nichts übrig ist außer ein paar Latschen und ein Haufen alter Klamotten?«

Mr Trottel setzte ein ernstes Gesicht auf. »So wie es aussieht, würde ich mal sagen, nicht mehr als zehn, höchstens elf Tage.« Er schüttelte bedauernd den Kopf.

»Kann man denn gar nichts dagegen tun?«, jaulte Mrs Trottel.

»Gegen die galoppierende Schrumpfsucht gibt es nur ein Mittel«, sagte Mr Trottel.

»Sag's mir!«, schrie Mrs Trottel. »Schnell!«

»Tja, da müssen wir uns aber beeilen«, sagte Mr Trottel.

»Ich bin bereit. Ich beeile mich. Ich tue alles, was du sagst!«

»Das solltest du auch, sonst war's das mit dir!« Mr Trottel grinste teuflisch.

»Sag mir, was ich tun muss?« Mrs Trottel schlug verzweifelt die Hände vor die Augen.

»Du musst *gestreckt* werden«, sagte Mr Trottel.

Kapitel 10

Das große STRECKEN

Mr Trottel führte Mrs Trottel nach draußen, wo er schon alles für das große Strecken vorbereitet hatte.

Er hatte einhundert Ballons und jede Menge Schnüre besorgt.

Und eine Gasflasche, um die Ballons zu füllen.

Im Boden hatte er einen Eisenring verankert.

»Stell dich hierhin«, sagte er zu seiner Frau und zeigte auf den Ring. Dann band er Mrs Trottels Knöchel an dem Ring fest.

Als er damit fertig war, füllte er die hundert Ballons mit Gas. Jeder der Ballons hing an einer Schnur, und als sie alle mit Gas vollgepumpt waren, zerrten sie an den Schnüren, um aufzusteigen. Nun fing Mr Trottel an, die losen Enden der Schnüre an Mrs Trottels Oberkörper zu befestigen. Ein paar schlang er um ihren Hals, band sie um ihre Arme, um ihre Handgelenke, einige knotete er sogar in ihren Haaren fest.

In kurzer Zeit schwebten fünfzig bunte Gasballons über Mrs Trottel in der Luft.

»Merkst du schon, wie sie dich in die Länge ziehen?«, fragte Mr Trottel.

»Ja! Und wie!«, schrie Mrs Trottel. »Die ziehen wie verrückt an mir.«

Mr Trottel band weitere zehn Ballons an ihr fest.

Der Aufwärtssog wurde stärker.

Mrs Trottel war nun völlig hilflos. Ihre Füße waren an den Ring im Boden gefesselt und ihre Arme wurden von den Ballons in die Höhe gerissen. Sie konnte sich nicht bewegen. Wie eine Gefangene.

Eigentlich hatte Mr Trottel vorgehabt, seine Frau für ein paar Tage und Nächte in dieser misslichen Lage zu lassen, um ihr eine Lektion zu erteilen. Er wollte gerade weggehen, als Mrs Trottel ihren schiefen Mund öffnete und eine leider sehr dumme Frage stellte: »Bist du auch sicher, dass meine Füße gut festgebunden sind?«, keuchte sie. »Wenn nämlich die Schnur um meine Knöchel reißt, dann war's das mit mir, und ich fliege für immer davon.«

Und das brachte Mr Trottel auf seine zweite böse Idee.

Kapitel 11

MRS TROTTEL fliegt AUF und DAVON

»Es sind jetzt so viele Ballons, die reichen, um zum Mond zu fliegen!«, schrie Mrs Trottel nun.

»Zum Mond fliegen?«, rief Mr Trottel. »Oh nein, was für eine grässliche Vorstellung. Daran wir wollen ja nicht mal im Traum denken!«

»Nein, das wollen wir auf keinen Fall!«, rief Mrs Trottel. »Schnell, binde noch einen Strick um meine Knöchel. Ich möchte ganz sicher sein, dass nichts passieren kann.«

»Aber gerne doch, mein Engel«, flötete Mr Trottel. Und mit einem verschlagenen Lächeln auf den Lippen hockte er sich vor ihr hin. Aus seiner Hosentasche zog er ein Messer und mit einem einzigen scharfen Schnitt durchtrennte er die Schnüre, die Mrs Trottel an den Eisenring banden.

Auf der Stelle schoss sie hoch wie eine Rakete.

»Hilfe!«, kreischte sie. »Rette mich!«

Aber da gab es nichts mehr zu retten. Binnen Sekunden war Mrs Trottel hoch oben im blauen Himmel und stieg höher und höher.

Mr Trottel stand unten und schaute ihr nach. »Was für ein reizender Anblick«, sagte er zu sich. »All diese bunten Ballons am Himmel. Und was für ein großes Glück für mich. Endlich bin ich die alte Hexe für immer und ewig los.«

Kapitel 12

WAS für ein ANBLICK!

Mrs Trottel war vielleicht hässlich und auch ziemlich böse, aber dumm war sie nicht.

Als sie da immer höher in den Himmel stieg, kam ihr eine glänzende Idee: »Ich muss nur ein paar dieser Ballons loswerden, dann geht es nicht weiter nach oben, sondern nach unten«, sagte sie sich.

Also begann sie damit, die Schnüre durchzubeißen, mit denen einige der Ballons an ihren Handgelenken, Armen und um ihren Hals gebunden waren. Und jedes Mal, wenn sie eine Schnur durchgebissen hatte und der Ballon fortflog, wurde der Aufwärtssog schwächer, und der Aufstieg verlangsamte sich.

Als sie sich schließlich von zwanzig Ballons befreit hatte, ging es nicht weiter nach oben. Sie hing in der Luft.

Dann biss sie eine weitere Schnur durch.

Und ganz, ganz langsam schwebte sie abwärts.

Es war ein schöner Tag und absolut windstill. Deswegen war Mrs Trottel ja auch kerzengerade in die Höhe geschossen und genauso kerzengerade sank sie nun abwärts.

Und während Mrs Trottel sanft in Richtung Erde segelte, blähten sich ihre Unterröcke auf wie ein Fallschirm, und man konnte ihre Schlüpfer sehen.

Was für ein großartiger Anblick an diesem wunderschönen Tag! Tausende von Vögeln kamen von weither angeflogen, um diese außergewöhnliche alte Frau zu bestaunen, die da vom Himmel herunterkam.

Kapitel 13

Ein BÜNDEL aus BALLONS und UNTERRÖCKEN

Mr Trottel saß inzwischen im Garten und feierte mit einem Krug Bier, dass er seine Frau niemals wiedersehen würde.

Lautlos kam Mrs Trottel herangeschwebt. Als sie sich in der Höhe ihres Hauses und direkt über Mr Trottel befand, erschallte plötzlich ihre Stimme wie Donnerhall: »Hier bin ich wieder, du grausliger alter Grizzly! Du runzlige alte Rübe! Du dreckiger alter Dödel!«

Wie von der Tarantel gestochen sprang Mr Trottel auf und verschüttete vor Schreck sein Bier. Er schaute hoch. Und schnappte

nach Luft. Gurgelnde Laute kamen aus seinem Mund. »Uurghhuhu! Arghhhhh! Autschhhh!«, stöhnte er.

»Das werde ich dir heimzahlen!«, dröhnte Mrs Trottel. Sie steuerte nun direkt auf Mr Trottels Kopf zu. Vor Wut war sie rot angelaufen. Sie ließ ihren Wanderstock, den sie wie durch ein Wunder immer noch in der Hand hielt, durch die Luft sausen. »Ich hacke dich zu Brei!«, schrie sie. »Ich breie dich zu Hack! Ich haue dich zu Klump! Ich klumpe dich zu Hau!«

Und bevor Mr Trottel fliehen konnte, landete dieses kreischende Bündel aus Ballons und Unterröcken genau auf ihm drauf, und eine wütende Furie schlug ihn mit ihrem Stock grün und blau.

Kapitel 14

Das HAUS, der BAUM und ein KÄFIG voller AFFEN

Lassen wir es damit gut sein.

Wir können nicht ewig bei den abscheulichen Gemeinheiten zusehen, die diese beiden abscheulichen Menschen einander zufügen. Die Geschichte muss schließlich weitergehen.

Hier ist ein Bild von Mr und Mrs Trottels Haus und Garten.
Und was für ein Haus! Es sieht aus wie ein Gefängnis
und nirgendwo gibt es Fenster.

»Wer braucht schon Fenster?«, hatte Mr Trottel gesagt, als sie das Haus bauten. »Ich will doch nicht, dass irgendwelche dahergelaufenen Idioten bei uns reinglotzen und sehen, was wir machen.«

Er schien nicht zu begreifen, dass Fenster in erster Linie dazu da sind, dass man raus- und nicht reinschaut.

Und wie gefällt dir dieser garstige Garten?

Um ihn kümmerte sich Mrs Trottel. Wenn es darum ging, Disteln und Brennnesseln wachsen zu lassen, war sie die perfekte Gärtnerin. »Ich liebe meine stacheligen Disteln und brennenden Nesseln«, pflegte sie zu sagen. »Die halten mir naseweise und neugierige kleine Kinder vom Leib.«

Neben dem Haus kannst du Mr Trottels Werkzeugschuppen erkennen und auf der gegenüberliegenden Seite steht der Große Tote Baum. Er trägt nie auch nur ein einziges Blatt, weil er nämlich tot ist.

Und nicht weit von dem Baum siehst du den Affenkäfig. Vier Affen sitzen darin. Sie gehören Mr Trottel. Du wirst sie gleich noch kennenlernen.

KAPITEL 15

KRAFTFIX extrastark

Einmal in der Woche, immer mittwochs, gab es bei den Trottels Vogelpastete zum Abendessen. Mr Trottel fing die Vögel und Mrs Trottel kochte sie.

Mr Trottel war sehr geschickt im Vogelfangen. Einen Tag vor dem Vogelpastetentag stellte er seine Leiter an den Großen Toten

Baum und kletterte mit einem Eimer voll Leim und einem Pinsel hoch ins Geäst. Der Leim, den er benutzte, hieß *Kraftfix extrastark*, und er war klebriger als jeder andere Leim auf der Welt. Mit diesem Kleister bestrich Mr Trottel die Oberseite der Zweige und ging zurück ins Haus.

Bei Sonnenuntergang kamen aus allen Richtungen Vögel herbeigeflogen, um die Nacht in dem Großen Toten Baum zu verbringen.

Die armen Dinger wussten nicht, dass die Zweige mit dem grauenvollen *Kraftfix extrastark* bestrichen waren. Kaum waren sie auf einem der Äste gelandet, blieben sie auch schon daran kleben, und das war's.

Am Morgen des Vogelpastetentags kletterte Mr Trottel wieder die Leiter hinauf und schnappte sich all die unglückseligen Vögel, die da im Baum klebten. Egal, was für Vögel es waren, ob Singdrosseln, Amseln, Spatzen, Krähen, kleine Zaunkönige oder Rotkehlchen, sie alle landeten im Kochtopf für die Mittwochabend-Vogelpastete.

Kapitel 16

VIER KNABEN kleben fest

Eines Dienstagabends, nachdem Mr Trottel die Leiter hinaufgeklettert war und den Großen Toten Baum mit *Kraftfix extrastark* beschmiert hatte, schlichen sich vier kleine Jungs in den Garten, um sich die Affen anzuschauen. Sie ließen sich auch nicht von Disteln und Brennnesseln abschrecken, so versessen waren sie darauf, die Affen zu sehen. Eine Weile lang schauten sie den vier Affen zu, dann wurde ihnen langweilig, und sie begannen, den Garten zu erkunden. Dabei entdeckten sie die Leiter, die an den Großen Toten Baum gelehnt war. Und aus Jux und Dollerei beschlossen sie, die Leiter hochzuklettern.

Da war schließlich nichts dabei.

Als Mr Trottel jedoch am nächsten Morgen zum Großen Toten Baum kam, um die Vögel einzusammeln, fand er stattdessen vier unglückliche Jungs, die auf den Zweigen festklebten. Dafür gab es keinen einzigen Vogel, denn verschreckt durch den Anblick der Knaben hatten die sich woanders niedergelassen.

Mr Trottel war außer sich vor Wut. »Wenn es heute Abend schon keine Vögel für meine Pastete gibt, dann wird sie eben mit kleinen Jungs gefüllt!«, rief er und kletterte die Leiter hoch.

»Kleine-Jungs-Pastete ist ja sowieso besser als Vogelpastete«, fuhr er mit einem grausigen Grinsen fort. »Mehr Fleisch und weniger Knöchelchen.«
Die vier Jungs schlotterten vor Angst.
»Er will uns kochen!«, schrie einer.
»Er will uns bei lebendigem Leib braten«, heulte ein anderer.
»Er will uns mit Karotten schmoren«, schluchzte der Dritte.

Doch der vierte kleine Junge, der mehr Verstand besaß als die anderen drei, flüsterte: »Hört mal, ich hab eine Idee. Wir kleben doch nur mit unserem Hosenboden fest. Los! Macht eure Hosen auf, schlüpft raus und lasst euch zu Boden fallen.«

Inzwischen hatte Mr Trottel das Ende der Leiter erreicht und streckte die Hand aus, um sich den Jungen, der am nächsten hockte, zu greifen, als sich plötzlich alle vier zu Boden plumpsen ließen und, so schnell sie konnten, davonsausten, wobei ihre nackten Hintern in der Sonne blitzten.

KAPITEL 17

Der große KOPFÜBER-KOPFUNTER-AFFENZIRKUS

Kommen wir nun zu den Affen.

Die vier Affen in dem Käfig im Garten waren eine Familie: Spring-Ding, so hieß der Vater, seine Frau und zwei kleine Kinder. Aber wozu um alles in der Welt hielten sich die Trottels Affen in ihrem Garten?

Nun, früher einmal hatten Mr und Mrs Trottel in einem Zirkus als Affentrainer gearbeitet. Sie brachten den Affen Kunststücke bei und wie man Anzüge und Kleider trug und Pfeife rauchte und was dergleichen Blödsinn noch mehr ist.

Obwohl beide Trottels in Rente waren, trainierte Mr Trottel immer noch Affen. Sein Traum war es, eines Tages den ersten großen *Kopfüber-Kopfunter-Affen-Zirkus* der Welt zu besitzen.

Das hieß, dass die Affen alles auf dem Kopf stehend tun mussten. Sie mussten auf dem Kopf stehend tanzen (also auf ihren Händen mit den Füßen in der Luft). Sie mussten auf dem Kopf stehend Fußball spielen. Sie mussten einer auf dem anderen auf dem Kopf stehend balancieren, wobei Spring-Ding die Basis der Pyramide bildete und der jüngste Affe die Spitze. Sie mussten sogar auf dem Kopf stehend essen und trinken, und das ist gar nicht so einfach, weil dabei alles die Kehle hochsteigen muss, statt runter. Um genau zu sein, ist es fast unmöglich, aber die Affen mussten es trotzdem versuchen, sonst bekamen sie nämlich überhaupt nichts.

Für dich und mich klingt das alles ziemlich idiotisch, für die Affen auch. Sie hassten diesen Kopfstand-Blödsinn, den sie täglich vollführen mussten. Außerdem wurde ihnen ganz schwummerig, wenn sie stundenlang auf dem Kopf standen. Die beiden Affenkinder fielen manchmal in Ohnmacht, weil ihnen das Blut zu Kopf stieg. Aber das interessierte Mr Trottel nicht die Bohne. Er ließ die Affen, sechs Stunden am Tag üben, und wenn sie nicht taten, was er wollte, kam sofort Mrs Trottel mit ihrem grässlichen Stock angerannt.

Kapitel 18

Der PURZEL-BAUMVOGEL

Spring-Ding und seine Familie sehnten sich danach, aus dem Käfig im Garten der Trottels zu fliehen und in den afrikanischen Dschungel zurückzukehren, aus dem sie stammten.

Sie hassten die Trottels für das, was sie ihnen antaten.

Sie hassten sie auch dafür, was sie Woche für Woche den Vögeln antaten. »Fliegt fort, Vögel!«, riefen sie jeden Dienstagabend, dabei sprangen sie im Käfig auf und ab und wedelten mit den Armen. »Setzt euch nicht auf den Großen Toten Baum. Die Äste sind überall mit Leim beschmiert. Lasst euch woanders nieder.«

Doch es waren englische Vögel, die die seltsame Sprache der Affen nicht verstanden. Sie achteten auch nicht auf sie, ließen sich

auf dem Großen Toten Baum nieder und landeten als Füllung in Mrs Trottels Pastete.

Doch dann, eines Tages kam ein Vogel mit prächtigem Gefieder herangeflogen und landete auf dem Affenkäfig.

»Du meine Güte!«, schrien die vier Affen im Chor. »Das ist ja der Purzel-Baumvogel! Was um alles in der Welt machst du denn hier in England?«

Wie die Affen, so stammte auch der Purzel-Baumvogel aus Afrika und sprach dieselbe Sprache wie sie.

»Urlaub, was denn sonst?«, sagte der Purzel-Baumvogel. »Ich liebe das Reisen.« Er plusterte seine wunderschönen bunten Federn auf und schaute ein wenig hochnäsig auf die vier Affen herab. »Die meisten können es sich ja nicht leisten, in Urlaub zu fliegen«, fuhr er fort, »aber ich kann überall hinfliegen, und es kostet mich keinen Penny.«

»Weißt du vielleicht, wie man mit diesen englischen Vögeln spricht?«, fragte ihn Spring-Ding.

»Aber natürlich weiß ich das«, sagte der Purzel-Baumvogel. »Man sollte nie in Länder reisen, deren Sprache man nicht versteht.«

»Dann müssen wir uns beeilen«, sagte Spring-Ding. »Heute ist Dienstag und dahinten siehst du schon den abscheulichen Mr Trottel auf der Leiter, wie er alle Zweige des Großen Toten Baums mit seinem Kleister bepinselt. Wenn heute Abend die Vögel kommen, um sich auszuruhen, dann musst du sie davor warnen, sich auf dem Baum niederzulassen, weil sie sonst als Vogelpastete enden.«

An diesem Abend flog der Purzel-Baumvogel immer um den Großen Toten Baum herum und sang laut:

Dieser Baum ist voll mit Leim!
Wer sich setzt, der bleibt dran kleben.
Schlaft heut woanders, nicht daheim.
Sonst lasst im Ofen ihr das Leben!

KAPITEL 19

Heute keine VOGELPASTETE für MR TROTTEL

Als Mr Trottel am nächsten Morgen mit seinem großen Korb in den Garten kam, um all die festgeklebten Vögel vom Großen Toten Baum zu pflücken, da gab es dort nicht einen einzigen. Die Vögel hockten mit dem Purzel-Baumvogel oben auf dem Affenkäfig und zusammen mit Spring-Ding und seiner Familie lachten sie sich schlapp über Mr Trottels dummes Gesicht.

KAPITEL 20

Noch immer keine VOGELPASTETE für MR TROTTEL

Doch Mr Trottel dachte nicht im Traum daran, eine weitere Woche auf eine neue Vogelpastete zu warten. Vogelpastete war sein Leibgericht. Also versuchte er noch am gleichen Tag, neue Vögel zu fangen. Diesmal beschmierte er nicht nur die Zweige des Großen Toten Baums mit *Kraftfix extrastark*, sondern auch die Stäbe des Affenkäfigs.

»Jetzt krieg ich euch«, knurrte er. »Egal, wo ihr euch hinhockt.«

Die Affen in ihrem Käfig sahen sehr wohl, was Mr Trottel da trieb, und als ein wenig später der Purzel-Baumvogel auftauchte, um mit ihnen ein wenig zu plaudern, da riefen sie laut: »Setz dich nicht auf den Käfig, Purzel-Baumvogel! Er ist mit Kleister bestrichen, genau wie der Baum!«

Und als bei Sonnenuntergang wieder all die vielen Vögel herbeigeflattert kamen, um sich auszuruhen, da flog der Purzel-Baumvogel um den Affenkäfig und den Großen Toten Baum herum und sang seine Warnung:

> *Baum* und *Käfig* sind voll mit Leim!
> *Wer sich setzt, der bleibt dran kleben.*
> *Schlaft heut woanders, nicht daheim.*
> *Sonst lasst im Ofen ihr das Leben!*

Kapitel 21

Die TROTTELS gehen GEWEHRE kaufen

Am nächsten Morgen, als Mr Trottel mit seinem großen Korb in den Garten kam, da saß weder auf dem Affenkäfig noch auf dem großen Toten Baum auch nur ein einziger Vogel. Sie hockten alle sehr vergnügt auf dem Dach von Mr Trottels Haus. Auch der

Purzel-Baumvogel saß da oben und zusammen mit den Affen im Käfig johlten sie vor Lachen über Mr Trottels dummes Gesicht.

»Euch Dummschnäbeln wird das Lachen schon noch vergehen!«, schrie Mr Trottel zu den Vögeln hinauf. »Beim nächsten Mal erwische ich euch, gefiederte Drecksbande, die ihr seid! Ich drehe euch einem nach dem anderen den Hals um und heute Abend schmurgelt ihr in meinem Topf und kommt als Füllung in meine Vogelpastete.«

»Und wie willst du das anstellen?«, fragte Mrs Trottel, die der Krawall aus dem Haus gelockt hatte. »Ich möchte nicht den ganzen klebrigen Kleister auf unserem Dach haben.«

»Keine Sorge, ich habe eine glänzende Idee!«, rief Mr Trottel aufgeregt. Er machte sich nicht die Mühe, leise zu sprechen, weil er glaubte, die Affen seien zu blöd, um ihn zu verstehen. »Wir gehen beide in die Stadt und kaufen für jeden von uns ein Gewehr!«, schrie er. »Na, wie findest du das?«

»Großartig!«, schrie Mrs Trottel zurück. Sie grinste über ihr ganzes hässliches Gesicht und zeigte dabei lange gelbe Zähne. »Wir besorgen uns diese großen Schrotflinten, die mit jedem Schuss fünfzig Kugeln und mehr ausspucken.«

»Ganz genau«, sagte Mr Trottel. »Schließ das Haus ab, ich sorge inzwischen dafür, dass die Affen nicht ausbüxen können.«

Er ging hinüber zum Affenkäfig.

»Achtung!«, bellte er mit seiner fürchterlichen Affentrainer-Stimme. »Auf den Kopf mit euch, einer auf dem anderen. Aber dalli! Macht schon oder soll Mrs Trottel ihren Stock auf euren Hintern tanzen lassen?«

Den armen Affen blieb nichts anderes übrig, als zu gehorchen, sie machten Kopfstand, und so kletterten sie einer auf den anderen, zuunterst Spring-Ding und das kleinste Affenkind an der Spitze.

»Und so bleibt ihr jetzt, bis ich zurückkomme!«, befahl Mr Trottel. »Und wehe, ihr rührt euch. Und kippt ja nicht um. Wenn wir in zwei bis drei Stunden wieder da sind, will ich euch in genau der gleichen Position wie jetzt vorfinden, kapiert!«

Mit diesen Worten marschierte Mr Trottel davon. Mrs Trottel begleitete ihn. Und die Affen blieben allein mit den Vögeln zurück.

KAPITEL 22

SPRING-DING hat eine IDEE

Kaum waren Mr und Mrs Trottel außer Sichtweite, hüpften die Affen wieder auf ihre Füße.

»Schnell, hol den Schlüssel!«, rief Spring-Ding dem Purzel-Baumvogel zu, der immer noch auf dem Dach des Hauses hockte.

»Was für einen Schlüssel?«, fragte der.

»Den Schlüssel zu unserer Käfigtür natürlich!«, brüllte Spring-Ding. »Er hängt an einem Nagel im Werkzeugschuppen. Da tut der Fiesling ihn immer hin.«

Der Purzel-Baumvogel flog zum Werkzeugschuppen und kehrte mit einem Schlüssel im Schnabel zurück.

Spring-Ding streckte eine Hand durch die Gitterstäbe und nahm ihn in Empfang. Er steckte ihn ins Schloss und drehte ihn um. Die Käfigtür ging auf und alle vier Affen sprangen hinaus.

»Wir sind frei!«, jubelten die beiden Kleinen. »Wo sollen wir hin, Dad? Wo sollen wir uns verstecken?«

»Nicht so aufgeregt«, sagte Spring-Ding. »Beruhigt euch erst mal. Bevor wir diesen grässlichen Ort ein für alle Mal verlassen, haben wir noch eine wichtige Aufgabe zu erledigen.«

»Und welche?« fragten die Affenkinder ihren Vater.

»Wir werden diesen grässlichen Trottels Kopfstand beibringen.«

»Was werden wir?«, kreischten die Kleinen. »Willst du uns verschaukeln, Dad?«

»Ich meine es ernst«, sagte Spring-Ding. »Wir werden dafür sorgen, dass Mr und Mrs Trottel auf dem Kopf stehen, mit den Füßen in der Luft.«

»Sei nicht albern«, meldete sich der Purzel-Baumvogel zu Wort. »Wie sollen wir es schaffen, dass diese beiden Schreckgespenster auf dem Kopf stehen?«

»Das schaffen wir, das schaffen wir!«, rief Spring-Ding. »Wir sorgen dafür, dass sie auf dem Kopf stehen. Stundenlang. Vielleicht für immer. Dann spüren sie zur Abwechslung mal am eigenen Leib, wie sich das anfühlt.«

»Aber wie?«, beharrte der Purzel-Baumvogel. »Sag mir, wie?«

Spring-Ding legte den Kopf schief und ein kleines Lächeln umspielte seine Mundwinkel. »Hin und wieder, nicht allzu oft, hab auch ich eine glänzende Idee. Und das ist jetzt eine. Folgt mir, meine Freunde, folgt mir.«

In großen Sprüngen sauste er auf das Haus zu und die anderen drei Affen und der Purzel-Baumvogel ihm hinterher.

»Wir brauchen Eimer und Pinsel!«, rief Spring-Ding. »Ihr findet jede Menge davon im Werkzeugschuppen! Beeilt euch! Jeder nimmt einen Eimer und einen Pinsel.«

In Mr Trottels Werkzeugschuppen stand ein riesiges Fass mit dem Kleister, den er dafür benutzte, um die Vögel zu fangen.

»Füllt eure Eimer damit«, wies Spring-Ding sie an. »Wir gehen damit ins Haus.«

Er hatte beobachtet, dass Mrs Trottel den Hausschlüssel unter die Fußmatte gelegt hatte, also war es kein Problem für sie, hineinzukommen.

Bewaffnet mit Eimern voll Leim hüpften die Affen ins Haus. Ihnen folgte der Purzel-Baumvogel, einen Eimer im Schnabel und einen Pinsel in den Krallen.

KAPITEL 23

Die große KLEISTEREI beginnt

Das hier ist das Wohnzimmer«, verkündete Spring-Ding. »Das großartige glorreiche Wohnzimmer, wo diese beiden fiesen faulen Furzsäcke Woche für Woche ihre Vogelpastete futtern.«

»Bitte erwähne nie wieder die Vogelpastete«, flehte der Purzel-Baumvogel. »Das geht mir durch Mark und Bein.«

»Wir haben keine Zeit zu verlieren!«, schrie Spring-Ding jetzt. »Hopp, hopp, Beeilung! Ich will, dass jeder von euch als Erstes die

Zimmerdecke mit Leim bestreicht. Jeden einzelnen Zentimeter. Schmiert den Kleister in jede Ecke.«

»Die Zimmerdecke?«, riefen die anderen erstaunt. »Warum die *Zimmerdecke*?«

»Kann euch egal sein, warum!«, rief Spring-Ding. »Macht einfach, was ich sage, und haltet die Klappe.«

»Aber wie sollen wir da hochkommen?«, jammerten sie. »Wir kommen da nicht ran.«

»Affen kommen überall ran!«, rief Spring-Ding ungeduldig. Er war furchtbar aufgeregt, sprang im Zimmer herum und schwenkte dabei seinen Eimer und den Pinsel. »Los, kommt! Springt auf den Tisch! Stellt euch auf die Stühle! Bildet eine Pyramide! Der Purzel-Baumvogel kann es im Flug machen. Steht nicht dumm rum und glotzt in die Gegend. Kapiert ihr nicht, dass wir uns sputen müssen? Diese grässlichen Trottels können jeden Moment zurückkommen und diesmal haben sie *Gewehre*! Heilige Kokosnuss, jetzt macht schon! Fangt endlich an!«

Und so begann die große Kleisterei an der Zimmerdecke. Nun kamen auch die Vögel, die auf dem Dach gesessen hatten, ins Haus geflogen. In ihren Schnäbeln und Krallen trugen sie Eimer und Pinsel. Da waren Bussarde, Elstern, Krähen, Raben und viele andere mehr. Sie alle pinselten und strichen nach Leibeskräften, und mit so vielen Helfern war die Arbeit auch bald getan.

Kapitel 24

Ein TEPPICH geht in die LUFT

Und was jetzt?«, fragten danach alle und schauten Spring-Ding erwartungsvoll an.

»Haha!« Spring-Ding lachte. »Jetzt wird's lustig. Nun kommt der größte Verkehrtherum-Trick aller Zeiten. Seid ihr bereit?«

»Wir sind bereit«, sagten die Affen.

»Wir sind bereit«, sagten auch die Vögel.

»Zieht den Teppich hervor!«, rief Spring-Ding. »Zieht diesen riesigen Teppich unter den Möbeln hervor und klebt ihn an oben die Decke.«

»Oben an die Decke?«, rief eins der Affenkinder. »Aber das ist unmöglich, Dad.«

»Wenn du nicht still bist, dann kleb ich *dich* gleich an die Decke!«, fauchte Spring-Ding.

»Jetzt ist er verrückt geworden!«, riefen alle.

»Total übergeschnappt!«

»Plemplem!«

»Bekloppt!«

»Gaga!«

»Er ist nicht ganz bei Trost!«, rief der Purzel-Baumvogel. »Der arme alte Spring hat nun vollends sein Ding, äh … seinen Verstand verloren.«

»Ach, hört doch auf mit diesem Blödsinn und helft mir lieber«, sagte Spring-Ding. Er griff nach einer Ecke des Teppichs. »Zieht, ihr Knalltüten, zieht!«

Der Teppich war riesig. Er bedeckte das ganze Wohnzimmer von einer Wand zur anderen. Er hatte ein Muster aus Rot und Gold. Es ist nicht einfach, einen so ausladenden Teppich vom Boden zu ziehen, wenn lauter Stühle und Tische draufstehen.

»Zieht!«, brüllte Spring-Ding. »Zieht, zieht, zieht!« Wie ein Verrückter sprang er dabei im Raum herum und schrie jedem zu, was er tun sollte.

Du darfst ihm das aber nicht übel nehmen. Nachdem er jahrein, jahraus mit seiner Familie auf dem Kopf stehen musste, konnte er es nicht erwarten, bis die grässlichen Trottels das gleiche Schicksal ereilte. Zumindest hoffte er, dass das der Fall sein würde.

Die Affen und die Vögel, sie alle zerrten und zogen an dem Teppich, und schließlich schafften sie es, ihn an die Zimmerdecke zu hieven. Und dort klebte er nun.

Mit einem Mal war die Zimmerdecke mit einem rot-goldenen Teppich bedeckt.

Kapitel 25

Es FOLGEN die MÖBEL

Und nun den Tisch, den großen Tisch!«, rief Spring-Ding. »Dreht den Tisch um und schmiert einen großen Batzen Kleister auf das Ende von jedem Bein, und dann kleben wir ihn oben an die Decke.«

Den umgedrehten Tisch oben an die Decke zu bugsieren, war kein leichtes Unterfangen, aber mit vereinten Kräften gelang ihnen auch das.

»Bleibt der Tisch oben kleben?«, riefen alle. »Ist der Kleister stark genug?«

»Das ist der stärkste Kleister auf der ganzen Welt«, erwiderte Spring-Ding. »Das ist der extrastarke-Vogelfang-Vogelmord-Kleister zum Äste-Beschmieren.«

»Ich muss doch sehr bitten«, warf der Purzel-Baumvogel verärgert ein. »Ich hatte dich schon einmal gebeten, nicht mehr davon zu sprechen. Oder wie würde es dir gefallen, wenn sie jeden Mittwochabend Affenpastete gemacht hätten und all deine Freunde aufgegessen worden wären und ich würde ununterbrochen davon reden?«

»Ich bitte vielmals um Entschuldigung«, sagte Spring-Ding. »Ich bin so aufgeregt, dass ich gar nicht weiß, was ich sage. Nun die

Stühle! Macht dasselbe mit den Stühlen. Alle Stühle müssen umgekehrt oben an der Decke kleben! Und am richtigen Platz. Ach, beeilt euch doch! Jeden Moment können die beiden verlausten Vogelscheuchen mit ihren Gewehren hier reinplatzen.«

Mithilfe der Vögel strichen die Affen Kleister auf jedes Stuhlbein und brachten sie hoch zur Zimmerdecke.

»Und nun die Beistelltischchen!«, rief Spring-Ding. »Und das große Sofa! Und die Anrichte! Und die Stehlampen! Und all den Kleinkram! Die Aschenbecher, das Dekozeug und vor allem diesen grässlichen Plastikwichtel auf dem Sideboard! Alles, absolut alles muss hoch an die Decke!«

Es war eine Mordsarbeit. Vor allem war es schwierig, alles genau an der gleichen Stelle, nur umgekehrt herum an der Decke zu platzieren.

Aber sie schafften es.

»Und was jetzt?«, keuchte der Purzel-Baumvogel. Er war völlig außer Atem und so erschöpft, dass er kaum noch mit den Flügeln schlagen konnte.

»Jetzt sind die Bilder an der Reihe!«, rief Spring-Ding. »Dreht alle Bilder um. Und einer von euch Vögeln sollte raus auf die Straße fliegen und schauen, ob diese fiesen Furzbeutel im Anmarsch sind.«

»Das übernehme ich«, keuchte der Purzel-Baumvogel. »Ich setze mich auf den Strommast und halte Ausschau nach ihnen, ich brauche dringend eine Verschnaufpause.«

Kapitel 26

Ein VOGELSCHISS, der keiner ist

Sie waren kaum fertig damit, alles an den richtigen Platz zu kleben, da schoss der Purzel-Baumvogel durch die Tür und kreischte: »Sie kommen! Sie kommen!«

Schnell flogen die Vögel zurück auf das Dach des Hauses. Die Affen sausten in ihren Käfig und stellten sich wieder kopfüber als Pyramide auf. Kurze Zeit später kamen auch schon die Trottels in den Garten marschiert, jeder von ihnen trug ein gefährlich aussehendes Gewehr.

»Freut mich ja, dass diese Affen immer noch Kopfstand machen«, sagte Mr Trottel.

»Sie sind einfach zu blöd, um was anderes zu tun«, sagte Mrs Trottel. »Hey, guck mal! Da oben hocken sie immer noch auf unserem Dach, diese unverschämten Vögel! Komm ins Haus, wir laden unsere reizenden neuen Flinten und dann: *Peng! Peng! Peng!*, knallen wir sie alle ab, und es gibt lecker Vogelpastete zum Abendbrot.«

Gerade als Mr und Mrs Trottel das Haus betreten wollten, flogen zwei schwarze Raben dicht über ihre Köpfe hinweg. Jeder von ihnen hatte einen Pinsel in den Krallen und jeder Pinsel war voll mit Leim. Und während sie über die Trottels hinwegschwirrten, pinselte ihnen die Raben einen Strich Kleister auf den Kopf. Sie taten es so vorsichtig wie möglich, aber die Trottels spürten es trotzdem.

»Was war das?«, kreischte Mrs Trottel. »Irgendein verdammter Vogel hat mir auf den Kopf geschissen!«

»Auf meinen auch!«, rief Mr Trottel. »Ich fühle es. Ich fühle es genau!«

»Nicht anfassen!«, rief Mrs Trottel. »Du machst dir nur die Hände dreckig. Komm rein, wir waschen uns das Zeug in der Spüle ab.«

»Diese verfluchte Vogelbrut!«, jaulte Mr Trottel. »Ich wette, das haben sie mit Absicht gemacht. Na, wartet nur, bis ich mein Gewehr geladen habe!«

Mrs Trottel zog den Schlüssel unter der Fußmatte hervor (wo Spring-Ding ihn sorgfältig hingelegt hatte), und die beiden betraten das Haus.

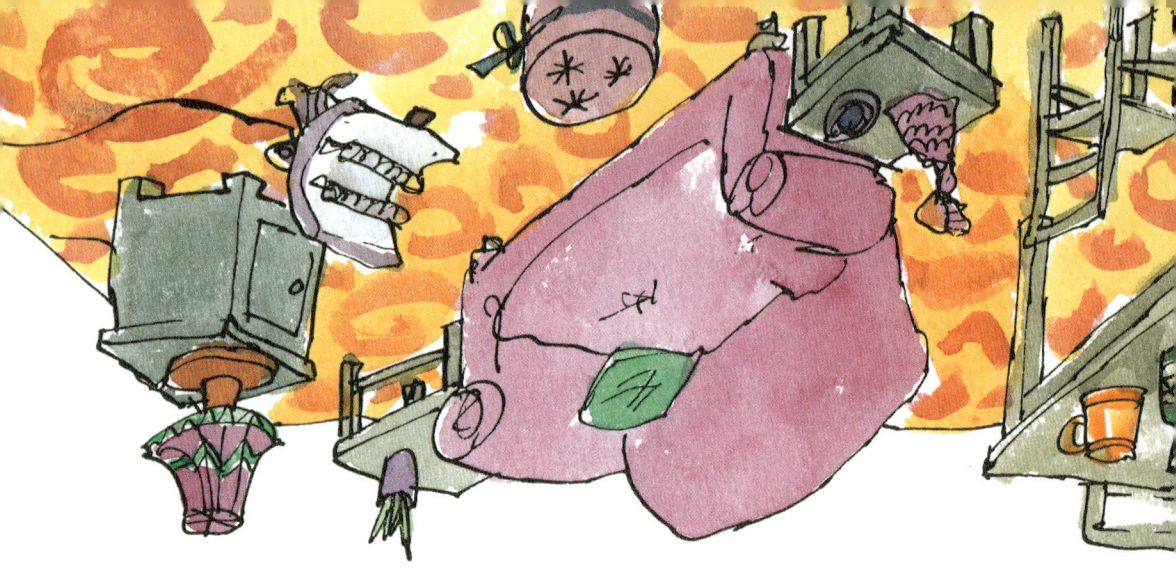

KAPITEL 27

Die TROTTELS stehen KOPF

»*Was ist das?*«, keuchte Mr Trottel, als sie ins Wohnzimmer kamen.

»*Was ist hier los?*«, kreischte Mrs Trottel.

Sie standen in der Mitte des Wohnzimmers und schauten nach oben. Die ganzen Möbel, der große Tisch, die Stühle, das Sofa, die Lampen, die kleinen Beistelltischchen, der Barwagen mit den Bierflaschen darin, der Plastikwichtel, der elektrische Kamin, der

Teppich, alles befand sich verkehrt herum oben an der Decke. Die Bilder hingen kopfüber an der Wand, und der Boden, auf dem die Trottels standen, war völlig nackt. Nicht nur das, er war weiß gestrichen, sodass er aussah wie die Zimmerdecke.

»*Guck!*«, schrie Mrs Trottel. »*Das da ist der Boden. Der Boden ist da oben. Das hier ist die Decke. Wir stehen auf der Decke!*«

»WIR STEHEN VERKEHRT HERUM!«, japste Mr Trottel. »Wir müssen verkehrt herum stehen. Wir stehen auf der Zimmerdecke und gucken auf den Fußboden.«

»Hilfe!«, schrie Mrs Trottel. »Hilfe, Hilfe, Hilfe! Mir wird ganz schwummerig!«

»Mir auch! Mir auch!«, jammerte Mr Trottel. »Das ist ja nicht zum Aushalten.«

»Wir stehen kopf und das ganze Blut fließt in meinen Schädel!«, jammerte Mrs Trottel. »Wenn wir nicht schnell was tun, dann sterbe ich, ganz sicher!«

»Ich hab's!«, rief Mr Trottel. »Ich weiß, was wir tun müssen. *Wir müssen uns nur umgekehrt hinstellen, dann stehen wir richtig rum!*«

Also stellten sie sich auf den Kopf, und in dem Moment, in dem sie mit ihren Köpfen den Boden berührten, tat der Kleister, den ihnen kurz zuvor die Raben aufs Haar geschmiert hatten, seine Wirkung. Die Trottels klebten fest. Wie angenagelt, zementiert, angeleimt klebten sie auf den Dielen des Fußbodens.

Durch einen Spalt in der Tür konnten die Affen das alles genau beobachten. Kaum hatten die Trottels das Haus betreten, waren sie aus dem Käfig geschlüpft. Der Purzel-Baumvogel ließ sich dieses Schauspiel ebenfalls nicht entgehen. Ebensowenig wie die anderen Vögel, sie alle flogen rein und raus, um einen Blick auf dieses außergewöhnliche Bild zu werfen, das die Trottels abgaben.

Kapitel 28

Die AFFEN wandern aus

Noch am gleichen Abend wanderte die Affenfamilie den Berg hinauf und in den großen Wald. Im höchsten Baum von allen bauten sie sich ein wundervolles Baumhaus. Und all die Vögel, besonders die größeren, die Krähen und Dohlen und Elstern, bauten ihre Nester rundherum, sodass das Baumhaus von unten nicht zu sehen war.

»Ihr könnt da aber nicht für immer bleiben, das wisst ihr schon«, sagte der Purzel-Baumvogel.

»Warum denn nicht?«, erwiderte Spring-Ding. »Das ist ein zauberhaftes Plätzchen.«

»Wartet nur, bis es Winter wird«, sagte der Purzel-Baumvogel. »Affen mögen keine Kälte, oder doch?«

»Auf gar keinen Fall!«, rief Spring-Ding. »Sind hier denn die Winter sehr kalt?«

»Es gibt überall Schnee und Eis«, sagte der Purzel-Baumvogel. »Manchmal ist es so kalt, dass die Vögel morgens beim Aufwachen merken, dass sie an den Ästen festgefroren sind, auf denen sie die Nacht verbracht haben.«

»Was sollen wir denn tun?«, fragte Spring-Ding. »Ich will nicht, dass meine Familie schockgefrostet wird.«

»Das wird sie schon nicht«, beruhigte ihn der Purzel-Baumvogel. »Wenn im Herbst die ersten Blätter fallen, dann könnt ihr mit mir nach Afrika fliegen.«

»Mach dich nicht lustig über uns«, sagte Spring-Ding. »Affen können nicht fliegen.«

»Ihr könnt euch auf meinen Rücken setzen«, sagte der Purzel-Baumvogel. »Ich werde euch einen nach dem anderen nach Afrika bringen. Ihr werdet mit dem Purzel-Baumvogel-Superjet fliegen und es wird euch keinen Penny kosten.«

Kapitel 29

Und alle schreien: HURRA!

Unten in dem Horrorhaus klebten Mr und Mrs Trottel immer noch verkehrt herum auf dem Fußboden ihres Wohnzimmers.

»Das ist nur deine Schuld!«, brüllte Mr Trottel und zappelte mit den Beinen in der Luft. »Du hässliche alte Kuh bist hier rumgehüpft wie Rumpelstilzchen und hast geschrien: ›Wir stehen verkehrt rum! Wir stehen verkehrt rum!‹«

»Und du hast gesagt, wir sollen uns auf den Kopf stellen, du

widerliches altes Warzenschwein!«, brüllte Mrs Trottel zurück. »Nun war's das mit uns. Wir kleben hier fest bis in alle Ewigkeit!«

»*Du* klebst hier vielleicht bis in alle Ewigkeit fest, aber ich nicht!«, schrie Mr Trottel.

Und er zappelte und zuckte, er drehte und wendete sich, er krümmte und streckte sich, aber *Kraftfix extrastark* hielt ihn so fest am Boden wie früher die Vögel auf den Ästen des Großen Toten Baums. Er blieb also auf dem Kopf stehen, egal wie sehr er sich abmühte.

Doch Köpfe sind nun mal nicht dafür gemacht, ständig die Last eines Körpers zu tragen. Wenn du sehr lange auf dem Kopf stehst, passiert etwas Schreckliches, und genau das war es, was Mr Trottel den Rest gab. Sein Gewicht, das auf den Kopf drückte, war nämlich so groß, dass es allmählich seinen Kopf in seinen Körper presste.

Nicht lange, da war Mr Trottels Kopf in den Speckfalten seines feisten Nackens verschwunden.

»Ich SCHRUMPFE!«, gurgelte Mr Trottel.

»Ich auch!«, schrie Mrs Trottel voll Entsetzen.

»Hilf mir! Rette mich! Ruf einen Arzt!«, schrie Mr Trottel. »Ich hab DIE GALOPPIERENDE SCHRUMPFSUCHT!«

Und ganz genauso war es. Mrs Trottel bekam ebenfalls DIE GALOPPIERENDE SCHRUMPFSUCHT. Und diesmal war es keine Lüge, sondern die nackte Wahrheit.

Ihre Köpfe SCHRUMPFTEN in ihre Körper …

Und ihre Körper SCHRUMPFTEN in ihre Beine …

Und ihre Beine SCHRUMPFTEN in ihre Füße …

Eine Woche später, an einem sonnigen Nachmittag, kam ein Mann namens Fred vorbei, um den Gaszähler abzulesen. Als niemand auf sein Klopfen hin öffnete, lugte Fred durch den Türspalt ins Haus und sah auf dem Fußboden des Wohnzimmers einen Haufen alter Klamotten, zwei Paar Latschen und einen Wanderstock. Das war alles, was von Mr und Mrs Trottel auf dieser Welt übrig geblieben war.

Und als sich diese Nachricht herumgesprochen hatte, da brach Groß und Klein in Jubel aus. Und alle, auch Fred, riefen begeistert:
»HURRA!«

Der Autor

Roald Dahl war Spion, Kampfpilot, Schokoladenforscher und medizinischer Erfinder. Er ist außerdem Autor von *Matilda*, *Charlie und die Schokoladenfabrik*, *Sophiechen und der Riese* und vielen anderen grandiosen Geschichten.

Der Illustrator

Quentin Blake hat über 300 Bücher illustriert und war Roald Dahls Lieblingsillustrator. Er wurde für sein Werk mit zahlreichen Preisen ausgezeichnet, darunter die Kate Greenaway Medal und der Hans-Christian-Andersen-Preis.

Die Übersetzerinnen

Sabine Ludwig wurde in Berlin geboren. Nach dem Studium arbeitete sie als Rundfunkredakteurin, bis sie sich als Autorin selbstständig machte. Sie hat zahlreiche Kinder- und Jugendbücher geschrieben, die mehrfach ausgezeichnet und in viele Sprachen übersetzt wurden. Sie selbst übersetzt aus dem Englischen und wurde dafür u. a. für den Deutschen Jugendliteraturpreis nominiert. Sabine Ludwig lebt mit ihrer Familie in Berlin.

Emma Ludwig, geboren 1993 in Berlin, studierte Illustration an der HGB Leipzig und machte dort auch ihr Diplom. Sie übersetzt aus dem Englischen für verschiedene Verlage. Zurzeit lebt sie in Wien und ist am Burgtheater im Bereich Kostümbild tätig.

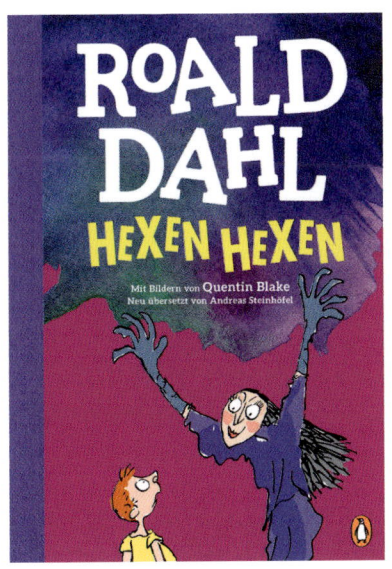

224 Seiten
ISBN 978-3-328-30159-2

Hexen hassen Kinder. Hexen finden, dass Kinder stinken wie frische Hundekacke. Und jetzt plant die Hexengroßmeisterin, alle Kinder in Mäuse zu verwandeln. Kann irgend jemand sie aufhalten? Dies ist die Geschichte eines sehr kleinen, sehr mutigen Helden, dem genau das gelang!
»Ich war noch keine acht Jahre alt, da hatte ich selber nacheinander zwei Begegnungen mit Hexen. Aus der ersten ging ich unversehrt hervor, bei der zweiten Gelegenheit hatte ich leider weniger Glück. Mir sind Sachen passiert, die euch wahrscheinlich kreischen lassen, wenn ihr sie lest. Das lässt sich nicht ändern. Die Wahrheit muss ans Licht.«

www.penguin-junior.de

184 Seiten
ISBN 978-3-328-30157-8

Charlie kann es nicht fassen: Er hat eine der heißbegehrten goldenen Eintrittskarten für die Schokoladenfabrik von Willy Wonka gewonnen! Willy Wonka – das ist der geniale Erfinder von zauberköstlichen Süßigkeiten, die er in seiner sagenumwobenen Fabrik produziert. Was sich hinter deren Mauern abspielt, ist ein ganz großes Geheimnis …
So beginnt für Charlie eine atemberaubende, haarsträubende, zähneklappernd-aufregende Achterbahnfahrt in das wunderbarste Abenteuer seines Lebens!

www.penguin-junior.de

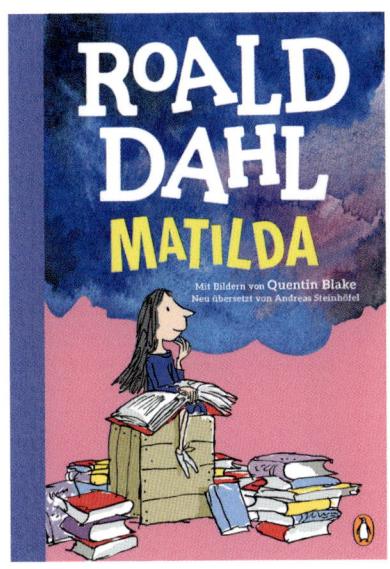

240 Seiten
ISBN 978-3-328-30158-5

Matilda ist ein sehr besonderes kleines Mädchen. Sie ist blitzgescheit und liest unendlich viele Bücher, sie ist mutig und abenteuerlustig und sie hat ein großes Herz. Jeder Pappkopf könnte das erkennen – doch die Erwachsenen sind leider völlig ahnungslos. Allen voran die gefürchtete Rektorin von Matildas Schule. Sie heißt Knüppelkuh und benimmt sich auch so. Einzig Matildas Klassenlehrerin, Jennifer Honig, erkennt, was in Matilda steckt. Leider hat es die Knüppelkuh auf Jenny Honig ganz besonders abgesehen. Womit sie allerdings nicht gerechnet hatte: Matilda ist nicht nur ein Wunderkind, sondern auch ein Zauberkind. Und unerbittlich, wenn es um die Verteidigung ihrer Freunde und Freundinnen geht ...

www.penguin-junior.de

ROALD DAHL
IM HÖRBUCH

Roald Dahl
Charlie und die Schokoladenfabrik
3 CD, Vollständige Lesung
ISBN 978-3-8445-4628-6

Roald Dahl
Hexen hexen
4 CD, Vollständige Lesung
ISBN 978-3-8445-4629-3

© Anita Back

Gelesen von Matthias Matschke

© Christian Hartmann

Gelesen von Christoph Maria Herbst

IM HÖRBUCH

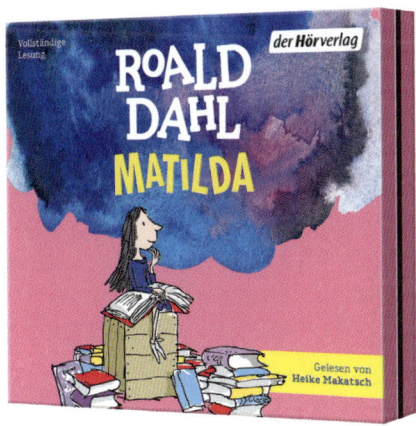

Roald Dahl
Matilda
4 CD, Vollständige Lesung
ISBN 978-3-8445-4630-9

Gelesen von Heike Makatsch

© Linda Rosa Saal

der **Hör**verlag

Bei diesem Buch wurden die durch das verwendete Material und die Produktion entstandenen CO_2-Emissionen ausgeglichen, indem Penguin JUNIOR ein Projekt zur Aufforstung in Brasilien unterstützt. Weitere Informationen zu dem Projekt unter:
www.ClimatePartner.com/14044-1912-1001

Penguin Random House
Verlagsgruppe FSC® N001967

Sollte diese Publikation Links auf Webseiten Dritter enthalten,
so übernehmen wir für deren Inhalte keine Haftung,
da wir uns diese nicht zu eigen machen, sondern lediglich auf
deren Stand zum Zeitpunkt der Erstveröffentlichung verweisen.

Mehr über Roald Dahl bei roalddahl.com

1. Auflage 2022
© der deutschen Ausgabe
2022 Penguin JUNIOR in der
Penguin Random House Verlagsgruppe GmbH,
Neumarkter Str. 28, 81673 München
Alle Rechte vorbehalten
Text © The Roald Dahl Story Company Limited, 1980
ROALD DAHL ist ein eingetragenes Warenzeichen
von The Roald Dahl Story Company Ltd.
Illustrationen © Quentin Blake, 1980, 2010
Diese Ausgabe ist unter dem Titel »The Twits« zuerst in England erschienen bei
PUFFIN BOOKS
Penguin Random House Ltd, 80 Strand, London WC2R 0RL
Umschlaggestaltung: Miriam Wasmus
Umschlagillustration: Quentin Blake
ck · Herstellung: AW
Satz: Uhl + Massopust, Aalen
Reproduktion: Lorenz & Zeller, Inning a.A
Druck: Mohn Media Mohndruck GmbH, Gütersloh
ISBN 978-3-328-30166-0
Printed in Germany

www.penguin-junior.de